デイジー・メドウズ 作　田内志文 訳

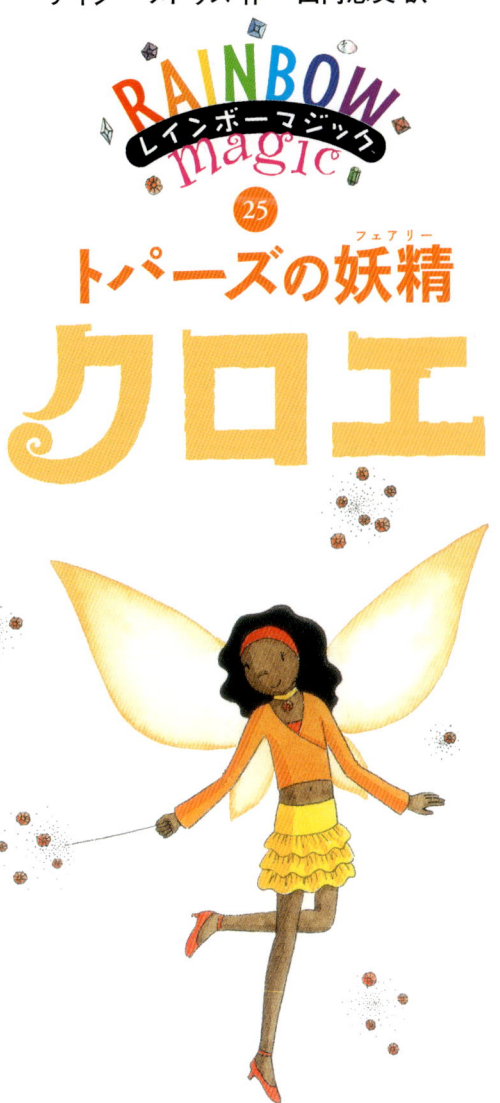

RAINBOW
レインボーマジック
magic

25

トパーズの妖精《フェアリー》
クロエ

「まずは見《み》てまわってみてもいいですか？」
衣装《いしょう》がたくさんつりさげられていて、
カツラやお化粧品《けしょうひん》や仮面《かめん》が
どっさりのったたながあります。

Chloe

トパーズの妖精《フェアリー》
クロエ

India

ムーンストーンの妖精《フェアリー》
インディア

Scarlett

ガーネットの妖精《フェアリー》
スカーレット

Emily

エメラルドの妖精《フェアリー》
エミリー

Amy

アメジストの妖精《フェアリー》
エイミー

Sophie

サファイアの妖精《フェアリー》
ソフィ

Lucy

ダイヤモンドの妖精《フェアリー》
ルーシー

Rachel Kirsty

レイチェルとカースティ

妖精《フェアリー》たちと友《とも》だちの、なかよしのふたり。
魔法《まほう》の宝石《ほうせき》をとりもどす
おてつだいをすることに!

Jack Frost

ジャック・フロスト

氷《こおり》のお城《しろ》に住《す》んでいる妖精《フェアリー》。
人間《にんげん》の世界《せかい》にちらばった宝石《ほうせき》が、
妖精《フェアリー》たちにとりもどされないように
邪魔《じゃま》をします。

Goblin

ゴブリン

みにくい顔《かお》と、おれ曲《ま》がった鼻《はな》をしている、
ジャック・フロストの手下《てした》。

Maggie

マギーさん

仮装屋《かそうや》さんの店員《てんいん》さん。

もくじ

Jack Frost's Ice Castle
ジャック・フロストの氷《こおり》のお城《しろ》
チェリーウェル村《むら》
Cherrywell Village
FANCY DRESS
イチェルの家《いえ》
かかし
Scarecrow
バターカップ農場《のうじょう》
uttercup Farm
Chestnut Tree
くりの木《き》

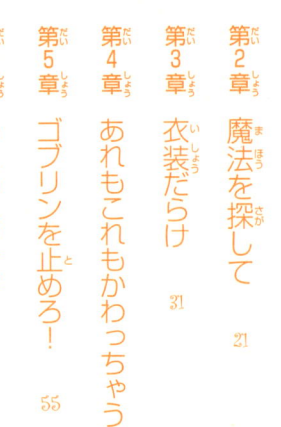

つめたい氷《こおり》の魔法《まほう》をかけて
燃《も》える光《ひかり》の七《なな》つの宝石《ほうせき》を消《け》してしまうぞ。
魔法《まほう》の力《ちから》がなくなれば
わしの氷《こおり》のお城《しろ》もとけだすまい。

妖精《フェアリー》どもは宝石《ほうせき》を見《み》つけ
もちかえろうと探《さが》しまわるだろう。
だがゴブリンどもをつかわして
いっぱい邪魔《じゃま》をしてやるぞ。

第《だい》1章《しょう》

変《へん》装《そう》ゴブリン

「あそこに仮装屋《かそうや》さんがあるわよ！」

カースティ・テイトは、チェリーウェルの大通《おおどお》りにたっているお店《みせ》を指《ゆび》さしました。

大通《おおどお》りには、人《ひと》がたくさん歩《ある》いています。

「やったわ！」

レイチェル・ウォーカーがうれしそうに答《こた》えます。

「バスがきちゃう前《まえ》に、あそこでイザベルのハロウィン・パーティで着《き》る衣装《いしょう》を探《さが》しちゃおう」

「うん」

カースティがうなずきました。

彼女《かのじょ》は学校《がっこう》の一週間《いっしゅうかん》の中休《なかやす》みに、レイチェルの家《いえ》にとまりにきています。

ふたりは、レイチェルの友《とも》だちたちとボウリングをしてきたところで、その中《なか》のひとり、イザベルが週末《しゅうまつ》のハロウィン・パーティにみんなを招待《しょうたい》してくれたのでした。

「ねえ、どんな仮装《かそう》をしようか？」

カースティがレイチェルにたずねました。

「もちろん、なにか魔法《まほう》みたいなのがいいな！」

レイチェルがにこにこしながら答《こた》えました。

カースティがほほえみ返《かえ》します。

彼女《かのじょ》もレイチェルも魔法《まほう》が大好《だいす》きです。

それというのも、ふたりにはすごい秘密《ひみつ》があるからです。

ふたりは、妖精《フェアリー》たちと友《とも》だちなのです！

ある夏《なつ》のこと、フェアリーランドから色《いろ》をうばってしまおうとするジャック・フロストを、妖精《フェアリー》たちといっしょにやっつけたのが、魔法《まほう》のぼうけんのはじまりでした。

あれから、妖精《フェアリー》の王様《おうさま》と女王様《じょおうさま》は、何度《なんど》かふたりに力《ちから》をかしてほしいとおねがいしてきたのでした。

実《じつ》のところ、この一週間《いっしゅうかん》も、レイチェルとカースティは新《あたら》しいぼうけんのまっ最中《さいちゅう》です。

ジャック・フロストが、またわるさをしようとしているのです！

今回彼《こんかいかれ》は、ティタニア女王《じょおう》のティアラから、七《なな》つの魔法《まほう》の宝石《ほうせき》をぬすんでしまいました。

その宝石《ほうせき》たちは、たとえば空《そら》を飛《と》んだり、人間《にんげん》の子供《こども》たちにすてきな夢《ゆめ》を見《み》せたりするような、妖精《フェアリー》たちの力《ちから》の元《もと》になっているとてもとても大切《たいせつ》な宝《ほう》石《せき》です。

毎年特別《まいとしとくべつ》な儀式《ぎしき》で、妖精《フェアリー》たちは宝石《ほうせき》から杖《つえ》に魔力《まりょく》をためるのです。

今年《ことし》のセレモニーも、あと何日《なんにち》か後《あと》にせまってきています。

もし宝石《ほうせき》を見《み》つけることができなかったら、妖精《フェアリー》たちの魔法《まほう》はすっかりなくなってしまうのです！

ジャック・フロストは、魔法《まほう》の宝石《ほうせき》を自分《じぶん》でもっておこうとしました。

しかし、魔法《まほう》の光《ひかり》が氷《こおり》のお城《しろ》をとかしはじめてしまったので、彼《かれ》はすっかり怒《おこ》って宝石《ほうせき》に魔法《まほう》をかけ、人間《にんげん》の世界《せかい》に飛《と》ばしてしまったのでした。

それから手下《てした》のいじわるなゴブリンたちを送《おく》りこみ、妖精《フェアリー》たちに宝石《ほうせき》をとりもどさせないよう、邪魔《じゃま》することにしたのです。

レイチェルとカースティは、これまで三人《さんにん》の宝石《ほうせき》の妖精《フェアリー》たちと宝石《ほうせき》をとりもどしてきましたが、まだあと四《よっ》つのこっています。

「今日《きょう》、もうひとつ宝石《ほうせき》を見《み》つけられるかなあ？」

お店《みせ》へとむけて走《はし》りながら、レイチェルがカースティにささやきました。

「だといいけれど」

カースティが答《こた》えました。

小《ちい》さな男《おとこ》の子《こ》がママといっしょに、仮装屋《かそうや》さんのショー・ウインドウを見《み》ていました。

明《あか》るいオレンジ色《いろ》をしたハロウィンの看板《かんばん》と、パンプキンのランタン、子《こ》ども用《よう》のハロウィンの仮装《かそう》をしたマネキンがふたつならんでいます。

ひとつは魔女《まじょ》、もうひとつはゴブリンの格好《かっこう》をしています。

とつぜん、男《おとこ》の子《こ》がはっとした顔《かお》をしました。

「ママ！　いまの見《み》た？」

男《おとこ》の子《こ》がさけびます。

「ゴブリンの人形《にんぎょう》が動《うご》いたよ！」

レイチェルとカースティは、立《た》ち止《ど》まって顔《かお》を見《み》あわせました。

「そんなはずないでしょ、トム」

ママはわらいながら先《さき》に立《た》って歩《ある》きだしました。

「さあ、いらっしゃい」

「ゴブリンの人形《にんぎょう》が動《うご》いた？」

カースティがレイチェルに小声《こごえ》でいいました。

「見《み》てみたほうがいいわね」

ふたりはショー・ウインドウにぐっ

と近《ちか》よってみました。

男《おとこ》の子《こ》が指《ゆび》さしていたマネキンは、みどり色《いろ》のゴブリンの衣装《いしょう》と、小《ちい》さなとがった赤《あか》いぼうしを着《き》ています。

けれども、キラキラ光《ひか》る目《め》と長《なが》い鼻《はな》、そして大《おお》きな足《あし》を見《み》て、レイチェルは目《め》を丸《まる》くしました。

「これ、ゴブリンの衣装《いしょう》なんかじゃないわ！」

レイチェルがさけびます。

「チュニックとぼうしを着《き》た、本物《ほんもの》のゴブリンよ！」

「魔女《まじょ》のほうを見《み》て」

カースティがつづけていいました。

魔女《まじょ》のマネキンは、長《なが》くて黒《くろ》いスカートとがったぼうし姿《すがた》でほうきをもっていますが、でこぼことしたみどりの鼻《はな》とイボイボのあごは、まさしくゴブリンのように見《み》えます。

「あの魔女《まじょ》もゴブリンだ！」

レイチェルが息《いき》をのみました。

カースティにある考《かんが》えがうかび、こうふんした彼女《かのじょ》は、思《おも》わずレイチェルのうでをつかんでいました。

「ねえレイチェル、ショー・ウインドウにゴブリンたちがいるってことは、もしかしたらお店《みせ》の中《なか》に魔法《まほう》の宝石《ほうせき》があるのかも！」

第《だい》2章《しょう》

魔《ま》法《ほう》を探《さが》して

「よし、入《はい》ってみましょう！」

レイチェルがまちきれない顔《かお》でいいました。

ドアをおしあけて、ふたりは石《いし》でできた三段《さんだん》の階段《かいだん》をかけおりると、お店《みせ》に入《はい》っていきました。

店員《てんいん》さんがばたばたと、ふたりをむかえにできました。

くるくるした茶色《ちゃいろ》いかみの毛《け》と、元気《げんき》そうな顔《かお》をしています。

「こんにちは」

店員《てんいん》さんはそういいながら、ドアのそばにつみあげられた、カボチャのランタンの大《おお》きな山《やま》をまわりこんできました。

「なにかお探《さが》しもの？」

レイチェルは、心臓《しんぞう》がドキドキしっぱなしです。

「ええと……」

と、なにをいおうか考《かんが》えながらいいました。

ちょっとはなれたところにゴブリンが二匹《にひき》もいるのですが、思《おも》うように考《かんが》えがまとまりません。

「衣装《いしょう》をいくつか見《み》せていただきたくて」

カースティがよこからさっといいました。

「週末《しゅうまつ》にハロウィン・パーティがあって、なにか衣装《いしょう》を探《さが》しているんです」

店員《てんいん》さんがほほえみました。

「なるほど、それはいいお店《みせ》にたどりついたわね！　あたしはマギー。きっとふたりによく似合《にあ》うのを見《み》つけてあげるわ。なにかほしいものはあるの？」

「ええと、わたしは……」

カースティはぐるりと見《み》まわすと、ねこの衣装《いしょう》を見《み》つけました。

「あのねこの衣装《いしょう》を見《み》せていただけますか？」

カースティがいいました。

「あれなら、ハロウィン用《よう》にたくさんあるわよ」

マギーさんが答《こた》えました。

「そっちのお嬢《じょう》さんはどう？」

彼女《かのじょ》はレイチェルにたずねました。

レイチェルはいそいで考《かんが》えました。

お店《みせ》の中《なか》で、宝石《ほうせき》を探《さが》さなくちゃいけません。

もし、マギーさんにいそがしくしていてもらうことができたなら、見《み》てまわる時間《じかん》ができそうです。

「なんだか決《き》まらなくて」

レイチェルは、ほんとうにこまった顔《かお》をして答《こた》えました。

「まずは見《み》てまわってみてもいいですか？」

「もちろん」

マギーさんが答《こた》えました。

「ご自由《じゆう》に」というと、カースティにほほえみます。

「さて、じゃあいっしょに試着《しちゃく》室《しつ》にきてちょうだいね。あなたにあう、ねこの衣装《いしょう》を見《み》つけてあげるわ」

カースティがマギーさんといっしょにいってしまうと、レイチェルはぐるりと店内《てんない》を見《み》まわしてみました。

衣装《いしょう》がたくさんつりさげられ

ていて、カツラやお化粧品《けしょうひん》や仮面《かめん》がどっさりのったたながあります。

レイチェルは、プラスチックの剣《けん》がぎっしりつまった箱《はこ》や、かべに妖精《フェアリー》みたいな羽《はね》や杖《つえ》がつりさげられているのに気《き》がつきました。

もし魔法《まほう》の宝石《ほうせき》がお店《みせ》の中《なか》にあるとしたら、どこにあるのかさっぱりわからないわね！　と、彼女《かのじょ》は胸《むね》の中《なか》で思《おも》いました。

お店《みせ》のうら手《て》近《ちか》くにある海《かい》ぞくたちに、レイチェルの目《め》がとまりました。

マネキンがふたつ、かた目《め》の海《かい》ぞくの格好《かっこう》をして、砂《すな》だらけの島《しま》に立《た》っています。

ふたりのあいだにはヤシの木《き》がたっていて、金《きん》の首《くび》かざりと真珠《しんじゅ》のネックレスがはみだした、大《おお》きな宝箱《たからばこ》がおかれています。

これ、宝石《ほうせき》をかくすには最高《さいこう》の場所《ばしょ》じゃない、とレイチェルは胸《むね》の中《なか》で思《おも》うと、宝箱《たからばこ》にかけよりました。

近《ちか》くによっていくと、心臓《しんぞう》ははねあがりそうなほどドキドキしてきました。

宝箱《たからばこ》が、深《ふか》い金色《きんいろ》にかがやいているのです。

これ、魔法《まほう》だわ！

レイチェルはそう考《かんが》えると、光《ひかり》をあびてかがやく首《くび》かざりをながめました。

きっとそうにちがいありません！

息《いき》を止《と》めながら、彼女《かのじょ》は重《おも》い宝箱《たからばこ》のふたをもちあげました。

とつぜん、オレンジと金色《きんいろ》の光《ひかり》があふれだしました。

レイチェルははっとして、思《おも》わずふたを落《お》としそうになってしまいました。

キラキラかがやく光《ひかり》の中《なか》に、うつくしくあざやかな色《いろ》のドレスを着《き》た、小《ちい》さな妖精《フェアリー》がいたのです！

第《だい》3章《しょう》

衣《い》装《しょう》だらけ

「こんにちは！」

妖精《フェアリー》が明《あか》るい大《おお》きな声《こえ》でいいました。

下《した》のほうに三段《さんだん》のフリルがついた黄色《きいろ》のスカートをはいて、オレンジの上《うわ》着《ぎ》をまきつけるように着《き》て、ぴかぴか光《ひか》るオレンジのくつをはいています。

長《なが》くて黒《くろ》いふわふわのかみの毛《け》は、赤《あか》いヘアバンドでとめられています。

「こんにちは！」

レイチェルがうれしそうに答《こた》えました。

妖精《フェアリー》の顔《かお》には見《み》おぼえがありました。

「トパーズの妖精《フェアリー》クロエだったわよね？」

クロエがうなずきます。

「そうよ」

レイチェルは、くるっとうしろをふりむきました。

さいわいにも、マギーさんはカースティに服《ふく》を手渡《てわた》すのにいそがしくて、こっちに気《き》づいていないようです。

レイチェルは、たくさん衣装《いしょう》がかかっているうらに、クロエをつれていきました。

「あなたのトパーズ、このお店《みせ》の中《なか》にある？」

レイチェルがたずねます。

「カースティとわたしは、もしかしたらあるんじゃないかって思《おも》ってるの」

「うん、ぜったいにここにあるわ。感《かん》じるもの」

クロエが、レイチェルの手《て》の上《うえ》にとまりながら答《こた》えました。

「でも、まだ見《み》つからないの。宝箱《たからばこ》の中《なか》を探《さが》していたら、いきなりふたが閉《と》じて、閉《と》じこめられちゃったのよ。たすけてくれてありがとう」

「気《き》にしないで」

レイチェルがほほえみながら答《こた》えました。

そして、服《ふく》のかげから反対《はんたい》がわをのぞきます。

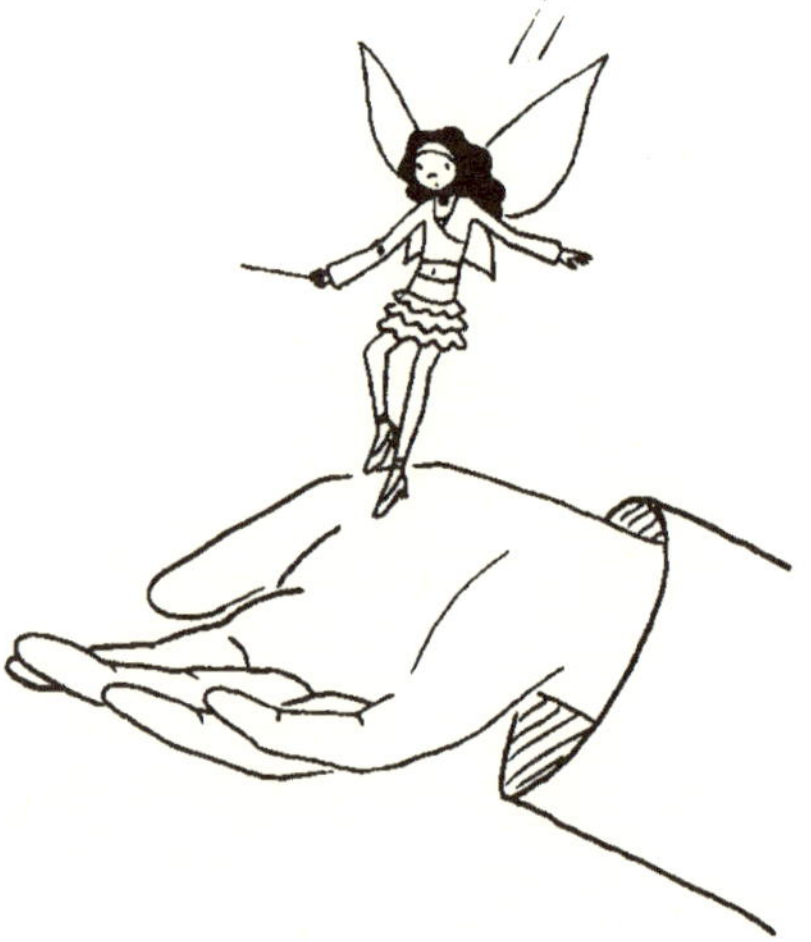

「ゴブリンたちを見《み》た？」

クロエが、はっとけわしい顔《かお》になりました。

「ゴブリン！　どのゴブリンのこと？」

「ショー・ウインドウの中《なか》で二匹《にひき》、マネキンのふりをしてるの」

レイチェルが説明《せつめい》しました。

クロエがぶるぶるとふるえました。

「きっとトパーズをまもるためにきたんだわ。あいつらに気《き》づかれないように、フェアリーランドに送《おく》り返《かえ》さなくっちゃ」

「うん」

レイチェルがうなずきます。

「でもその前《まえ》に見《み》つけなくちゃいけないわ。どこから探《さが》せばいいだろう？」

すると、そのとき試着室《しちゃくしつ》のカーテンがさっと開《ひら》く音《おと》がしました。

レイチェルは洋服《ようふく》のかげから顔《かお》をだして、カースティのほうはどうなっているのかのぞいてみます。

「そのねこの衣装《いしょう》、すごく似合《にあ》うじゃないの」

マギーさんがカースティにいっています。

「でも、ねこ耳《みみ》もつけなくちゃ。ちょっと倉庫《そうこ》からもってくるから、まっていてちょうだいね」

マギーさんがいってしまうと、レイチェルはいそいでかけよりました。

「カースティ！」

レイチェルが小声《こごえ》でいいました。

「どうしたの？」

カースティがはっとして聞《き》き返《かえ》してきました。

「なにか見《み》つかった？　わあ！」

彼女《かのじょ》は、レイチェルのよこではばたいているクロエを見《み》て、びっくりした顔《かお》をしました。

小《ちい》さな妖精《フェアリー》がわらいます。

「こんにちは、あたしクロエよ」

クロエがいいました。

「クロエのトパーズが、このあたりにありそうなの」

レイチェルが早口《はやくち》でカースティにいいました。

「見《み》つけださなくっちゃ！」

「どんな石《いし》なの？」

カースティがたずねます。

「濃《こ》い金色《きんいろ》をしてるわ」

クロエが答《こた》えます。

「そして、変身《へんしん》の魔法《まほう》を秘《ひ》めているの。だから、なにかちょっとかわった変《へん》化《か》がおきたら、気《き》をつけなくちゃいけないわ」

「もしかしたら、あっちの妖精《フェアリー》の杖《つえ》の中《なか》にかくれちゃっているのかも」

レイチェルが、レジの近《ちか》くにおいてある杖《つえ》を指《ゆび》さしながらいいました。

「探《さが》してみよう」

「わたしはあっちの女王様《じょおうさま》の衣装《いしょう》を探《さが》してみるから、そっちはたのむわ」

カースティが、窓《まど》のそばにおいてある衣装《いしょう》を指《ゆび》さしていいました。

宝石《ほうせき》のちりばめられたきれいなドレスとマントで、冠《かんむり》にはもっとキラキラかがやく宝石《ほうせき》がはめこまれています。

「あそこになら、トパーズがまぎれていたっておかしくないわ」

レイチェルの耳《みみ》が、だれかの足音《あしおと》をするどく拾《ひろ》いました。

「マギーさんがもどってきた！」

彼女《かのじょ》はそういうと、クロエといっしょにまた衣装《いしょう》のかげにかくれました。

「あっちの妖精《フェアリー》のコーナーにいってみよう」

レイチェルがクロエにささやきます。

「わたしのポケットにかくれていれば、マギーさんからは見《み》えないわ」

クロエがレイチェルのポケットの中《なか》に飛《と》びこむと、ふたりは魔法《まほう》の杖《つえ》がならんでいるほうにいってみました。

マギーさんはといえば、カースティにねこ耳《みみ》を手渡《てわた》しています。

「うーん」

カースティがいいました。

「すみません、でもちょっと女王様《じょおうさま》の衣装《いしょう》を見《み》つけちゃって、すごくきれいだなって！　かわりにあれを着《き》てみてもいいですか？」

「もちろんよ！」

マギーさんはうれしそうにいいました。

「もってきてあげるわね」

彼女《かのじょ》はいそぎ足《あし》で窓《まど》のほうにいくと、マネキンから衣装《いしょう》をはずしました。

「さあどうぞ！」

マギーさんはうでに衣装《いしょう》をかかえながら、カースティのほうにもどってきました。

衣装《いしょう》をもったマギーさんが窓《まど》のよこを通《とお》りすぎるとき、カースティはなにかがはじける小《ちい》さな音《おと》を聞《き》きました。

マギーさんのうしろの空気《くうき》が、金色《きんいろ》にかがやいているのが見《み》えます。

やがて、ショー・ウインドウの中《なか》でゴブリンが着《き》ていた魔女《まじょ》のコスチュームが、よろいにかわったのを見《み》て、カースティはおどろいてしまいました！

カースティは息《いき》をのんで、レイチェルたちを探《さが》します。

衣装《いしょう》がかわったのは、きっとクロエの魔法《まほう》のトパーズのせいにちがいありません！

第《だい》4章《しょう》

あれもこれもかわっちゃう

マギーさんがカースティに近《ちか》づいてきました。

そのうしろでは、ショー・ウインドウの中《なか》のゴブリンが、いったいどうしたんだという感《かん》じでふりむいています。

よろいの目《め》の部分《ぶぶん》がにぶい音《おと》をたてて閉《し》まり、中《なか》にいたゴブリンはびっくりして、くぐもったひめいをあげました。

この音《おと》を聞《き》いたマギーさんがくるりとふりむきます。

そして、不思議《ふしぎ》そうな顔《かお》をしてよろいをながめました。

「あんなのどこにあったのかしらねえ？」

マギーさんがつぶやきます。

「たしかあそこには、魔女《まじょ》の衣装《いしょう》があったと思《おも》ったのに」

マギーさんがカースティのほうをむきました。

「魔女《まじょ》の衣装《いしょう》、見《み》なかった？」

カースティは、なんと答《こた》えていいのかわかりません。

「うーん、思《おも》いだせないなあ」

カースティがいいました。

「きっと、ショー・ウインドウをやってくれている人《ひと》が、きのうのうちにかえたのね。きのうはあたし、お休《やす》みだったから」

マギーさんがいいました。

「でも気《き》づかなかったなんて、自分《じぶん》でおどろいちゃうわ！」

マギーさんのうしろにカースティが目《め》をやると、赤《あか》いぼうしをかぶったゴブリンが声《こえ》をころしてわらいながら、もう一匹《いっぴき》がなんとかヘルメットの前《まえ》をあけようとひっしにもがいているのを見《み》ました。

マギーさんは、カースティに着《き》てもらおうと、女王様《じょおうさま》の衣装《いしょう》を手渡《てわた》しているところです。

そのとき、もう一回《いっかい》さっきのはじける音《おと》が聞《き》こえました。

カースティは、心配《しんぱい》そうにふりむいてみます。

今度《こんど》は空気《くうき》が赤《あか》くかがやいたかと思《おも》うと、近《ちか》くにあったロビン・フッドの衣装《いしょう》についていた弓《ゆみ》と矢《や》が、バグパイプにかわってしまいました！

カースティは、思《おも》わず口《くち》を手《て》でおさえました。

マギーさんが気《き》づかなければいいのですが。

ロビン・フッドがバグパイプをもっているだなんて、どう説《せっ》明《めい》すればいいのでしょうか！

今度《こんど》はならべられたイヤリングが、みんなピンクと白《しろ》のしましまのおかしにかわってしまったのを見《み》て、カースティはくちびるをかみました。

　きっとトパーズは、マギーさんがもっている衣《い》装《しょう》の中《なか》にかくれているんだわ！　と、カースティは胸《むね》の中《なか》で思《おも》いました。

　するとそのとき、よろい姿《すがた》のゴブリンがぬき足《あし》さし足《あし》ショー・ウインドウをでてくるのが見《み》えました。

　目《め》の部分《ぶぶん》は開《ひら》いていて、そのおくからギラギラした目《め》がマギーさんのうでの中《なか》の衣装《いしょう》を見《み》つめています。

だめ！　と、カースティは胸《むね》の中《なか》でいいました。

ゴブリンも、魔法《まほう》に気《き》づいてしまったにちがいありません。

じりじりとマギーさんに近《ちか》づいてくるゴブリンを、カースティは不安《ふあん》そうに見《み》つめました。

しかしそのとき、ゴブリンの大《おお》きな足《あし》が、プラスチックの剣《けん》が入《はい》ったいれものにぶつかってしまったのです。

その音《おと》に、マギーさんがふり返《かえ》ります。

剣《けん》をにぎりしめて、ゴブリンはまるで自分《じぶん》はマネキン人形《にんぎょう》だとでもいうようにかたまっていました。

「衣装《いしょう》をありがとうございます」

カースティが、マギーさんの気《き》をひきつけるために一歩《いっぽ》進《すす》みでました。

「着《き》てみてもいいですか？」

よろいにむかって不思議《ふしぎ》そうな視線《しせん》をなげかけて、マギーさんがカースティのほうをむきました。

「もちろんよ」

そういって衣装《いしょう》を着《き》て、肩《かた》にマントをかけるカースティをてつだいます。

冠《かんむり》を手《て》にとったカースティは、まん中《なか》にはめこんである大《おお》きな金色《きんいろ》の石《いし》に気《き》がつきました。

キラキラのぴかぴかです。

もしかして、魔法《まほう》のトパーズでしょうか？

カースティが冠《かんむり》をかぶると、すぐに妖精《フェアリー》の魔法《まほう》のせいで頭《あたま》がぞくぞくしてきました。

「きゃあ！」

カースティが息《いき》をのみます。

「気《き》にいったかしら？」

マギーさんがほほえみます。

「たしか、その衣装《いしょう》にぴったりの杖《つえ》が倉庫《そうこ》にあったわね。ちょっと探《さが》してきてあげるわね」

マギーさんが消《き》えてしまうと、カースティは妖精《フェアリー》コーナーにいるレイチェルとクロエのほうをむきました。

「トパーズを見《み》つけたわ！」

カースティがそっといいました。

「やったあ！」

レイチェルがさけびます。

「どこにあるの？」

クロエがキラキラをまきちらして、レイチェルのポケットから飛《と》びだしてきました。

「わたしの頭《あたま》にのっているこの冠《かんむり》よ！」

カースティが答《こた》えます。

レイチェルがおどろいた顔《かお》でカースティを見《み》つめます。

「冠《かんむり》？」

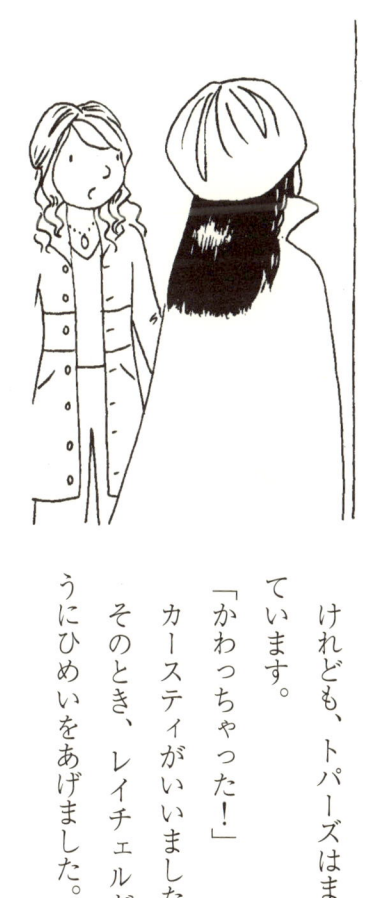

レイチェルがたずねました。

「それって、ターバンのこと？」

カースティは不思議《ふしぎ》そうに試着室《しちゃくしつ》の鏡《かがみ》をのぞきこみました。

すぐに、冠《かんむり》がターバンになってしまっていることに彼女《かのじょ》は気《き》がつきました。けれども、トパーズはまだまん中《なか》で光《ひか》っています。

「かわっちゃった！」

カースティがいいました。

そのとき、レイチェルがおどろいたようにひめいをあげました。

「カースティ！」

「気《き》をつけて！」

クロエが同時《どうじ》にさけびます。

カースティがくるりとふりむくと、彼女《かのじょ》が見《み》ていないうちに、よろいを着《き》たゴブリンが、ひたひたと近《ちか》づいてきているところでした。

いじわるそうにわらいながら、ゴブリンは大《おお》きく飛《と》びあがると、ターバンとトパーズを、カースティの頭《あたま》からつかみとってしまいました！

第《だい》5章《しょう》

ゴブリンを止《と》めろ!

「トパーズもーらいっと！」

ゴブリンはさけぶと、ターバンと、大切《たいせつ》な光《ひか》りかがやく宝石《ほうせき》をかかえてよたよたと店内《てんない》をにげだしました。

「おいかけて！」

カースティが、ガチャガチャとよろいをならしながらドアへとむかっていくゴブリンを見《み》てさけびました。

レイチェルとクロエが、ダッと走《はし》りだしました。

「こっちへこい！」

赤《あか》いぼうしのゴブリンがさけびなが

ら、ドアへとつづく階段《かいだん》をかけあがります。

しかし、もう一匹《いっぴき》はよろいを着《き》ているものだから、思《おも》うように走《はし》れません。また顔《かお》の部分《ぶぶん》が閉《し》まってしまい、なにも見《み》えなくなってしまいました。

ゴブリンは、よたよたとハロウィンのランタンの山《やま》にぶつかり、ランタンをゆかの上《うえ》にばらまいてしまいました。

そのうちのひとつに足《あし》がのってしまい、ゴブリンはバランスをくずしました。

「うわあああ！」

ゴブリンはさけびながら、カボチャのあいだに背中《せなか》からたおれます。

そのときに手《て》がはなれてしまい、ターバンは飛《と》んでいってしまいました。

「このまぬけなバカやろうが！」

もう一匹《いっぴき》のゴブリンが、はきすてるようにいいました。

「いったいなにやってやがるんだ！」

「見《み》えないよう！」

よろいのゴブリンが、前《まえ》をあけようとしながらなきそうな声《こえ》をだしました。

「それに、おしりがいたいんだってば！」

「ターバンをつかまえて、レイチェル！」

カースティが、ゆかに落《お》ちていくターバンを見《み》ながらさけびました。

レイチェルは手《て》をのばしましたが、つかみそこねてしまいました。

ターバンがゆかに落《お》ちると、トパーズがそこからはずれました。

ゆかの上《うえ》をはねながら、金色《きんいろ》の宝石《ほうせき》がちらばったカボチャのあいだをころがっていきます。

はじけるような大《おお》きな音《おと》がして金色《きんいろ》の光《ひかり》がまたたくと、あっという間《ま》に、カボチャはぜんぶパイナップルになってしまいました。

「トパーズはどこ？」

カースティが、ドレスのすそをもちあげて走《はし》りながらさけびました。

「あそこにある！」

クロエが、パイナップルのあいだを飛《と》びながら杖《つえ》でさしました。

カースティは、パイナップルのすき間《ま》で光《ひか》っているトパーズを見《み》つけました。

クロエが飛《と》んでいきましたが、ドアのよこのゴブリンもどうやら見《み》つけたようです。

まるで、氷《こおり》の上《うえ》みたいにパイナップルのあいだをすべってくると、クロエよりもわずかにはやく、かた手《て》でトパーズを拾《ひろ》いあげてしまいました。

「ひゃあ！」

魔法《まほう》の宝石《ほうせき》の熱《ねつ》が氷《こおり》のようなはだにしみこみ、ゴブリンはひめいをあげました。

カースティは、ふと希望《きぼう》を感《かん》じました。

そういえば、宝石《ほうせき》が熱《あつ》いせいで、ゴブリンたちは素手《すで》でもっていることができないのです。

カースティは、ゴブリンがトパーズを落《お》とすのをまちました。

しかし、それよりはやく、もう一度《いちど》大《おお》きくはじけるような音《おと》がして、ゴブリンのマントとぼうしがテディベアの着《き》ぐるみに変身《へんしん》すると、全身《ぜんしん》をおおいました。

クマの手《て》のような、もこもこの手袋《てぶくろ》もついています。

「トパーズいっただき！」

テディベアのゴブリンがとくいげに、よろいからぬけだそうとしているもう一匹《いっぴき》にさけびました。

「ここからにげるぞ！」

もこもこの手《て》に宝石《ほうせき》をつかみながら、ゴブリンがドアにむかってかけだします。

クロエは、テディベアのゴブリンの頭《あたま》にむかって飛《と》んでいきます。

「あたしの宝石《ほうせき》を返《かえ》しなさいよ！」

クロエがさけびます。

「そんなわけねーだろ！」

ゴブリンがいやしくどなり返《かえ》しました。

「トパーズはもうおまえのじゃないんだもんね！　おれたちがいただいちゃったから、もうおまえには返《かえ》さないからな！」

「カースティ、きて！」

レイチェルがさけびます。

「あいつらを止《と》めなくっちゃ！」

レイチェルとカースティは、うっかりふまないように気《き》をつけながら、パイナップルのあいだを走《はし》りぬけました。

ゴブリンたちは階段《かいだん》にたどりついています。

レイチェルは、トパーズをもっていかれてしまうと思《おも》うと、こわくなってしまいました。

しかし、そのときとつぜん、ある考《かんが》えがうかんだのです。

レイチェルは、ボウリングのボールみたいにパイナップルをもちあげると、思《おも》いっきりうでをふって、パイナップルをゆかにころがしたのです。

パイナップルはゴブリンたちめがけて、まっすぐにころがっていきます。

パイナップルは、よろいを着《き》ていたゴブリンの足《あし》にあたりました。

ゴブリンはおどろいてさけび声《ごえ》をあげると、もう階段《かいだん》を半分《はんぶん》くらいあがっていたテディベアのゴブリンのうでをつかみました。

二匹《にひき》は一瞬《いっしゅん》、階段《かいだん》でぐらっとよろめいたかと思《おも》うと、うでをバタバタさせ、重《かさ》なりあうようにしてゆかにたおれこんでしまいました。

もこもこの手《て》ぶくろから、空中《くうちゅう》へとトパーズがなげだされました。

電気《でんき》のそばを通《とお》りすぎるとポンポンッと音《おと》がして、あたりにこはく色《いろ》の光《ひかり》があふれかえり、お店《みせ》の電気《でんき》はあっという間《ま》に小《ちい》さなミラーボールになって、キラキラと魔法《まほう》の光《ひかり》をはなちました。

クロエは宝石《ほうせき》の後《あと》をおって飛《と》ぶと、両手《りょうて》でつかまえました。

けれど、手《て》にもったまま飛《と》ぶにはあまりに重《おも》すぎます。

「きゃあ！」

クロエはひっしにバタバタと羽《はね》をふりながらさけびました。

彼女《かのじょ》と宝石《ほうせき》は、ぐんぐんゆかにむかって落《お》ちていきます。

「たすけて！」

それを見《み》たカースティは猛《もう》ダッシュすると、クロエにむかって両手《りょうて》をさしだしながらジャンプしました。

妖精《フェアリー》とトパーズは、カースティの手《て》の上《うえ》に落《お》ちてきました。

カースティは、ドキドキとものすごいはやさで動《うご》いている胸《むね》に両手《りょうて》をあてました。

クロエはだいじょうぶでしょうか？

「ふー！」

クロエが、カースティのあわさった手《て》から頭《あたま》をのぞかせると、わらいながらいいました。

「うけ止《と》めてくれてありがとう、カースティ！」

「だいじょうぶ？」

心配《しんぱい》したレイチェルが、そういってかけよってきました。

「うん、だいじょうぶよ」

クロエが答《こた》えます。

かみの毛《け》はぼさぼさに逆立《さかだ》っていますが、茶色《ちゃいろ》いひとみはキラキラかがやいています。

「というか、最高《さいこう》よ」

クロエは、うなっているゴブリンたちを見《み》ながらいいました。

「あたしのトパーズがもどってきたんだもの！」

そのとき、倉庫《そうこ》のほうから物音《ものおと》がしました。

「杖《つえ》を見《み》つけたわ！」

マギーさんのうれしそうな声《こえ》がします。

「箱《はこ》をかたづけたら、すぐにそっちにいくわね」

「やだ！」

レイチェルがびっくりした顔《かお》で息《いき》をのみました。

「マギーさんのことすっかりわすれちゃってた」

レイチェルは、店内《てんない》をきょろきょろ見《み》まわしました。

ゆかにはパイナップルがごろごろころがっていて、電気《でんき》のかわりにキラキラ光《ひか》るミラーボールがつりさがっていて、よろいの部品《ぶひん》がそこかしこにちらばっています。

主役《しゅやく》だったゴブリンたちが、ドアのよこでつみ重《かさ》なってたおれているので、ショー・ウインドウもすっかり台《だい》なしです。

「これを見《み》たら、マギーさんがびっくりしちゃうわ！」

カースティがいいました。

「それならご心配《しんぱい》なく」

クロエが明《あか》るい声《こえ》で答《こた》えました。

「トパーズがもどってきたんだもの、もう変身《へんしん》の魔法《まほう》が使《つか》えるわ」

彼女《かのじょ》は金色《きんいろ》の杖《つえ》で、カースティの手《て》の上《うえ》にあるトパーズにふれました。

杖《つえ》の先《さき》が、きらめくお日《ひ》さまの光《ひかり》みたいにかがやきました。

それを高《たか》くかかげると、クロエは上手《じょうず》にふってみせました。

ポンポンポンと、まるでフライパンの上《うえ》でポップコーンがはじけるように音《おと》がたてつづけになって、なにもかもがまた変身《へんしん》しはじめました。

あたりはオレンジ色《いろ》に、次《つぎ》に赤《あか》く、そして最後《さいご》は金色《きんいろ》にかがやきました。

パイナップルはカボチャにもどり、ミラーボールはただの電気《でんき》にもどり、ショー・ウインドウにはマネキンたちがあらわれ、なにもかもが魔法《まほう》のように元《もと》の姿《すがた》にもどっていきます。

よろいの部品《ぶひん》も、すっかりそろってたなにならんでいます。

最後《さいご》に大《おお》きな音《おと》がポンとして、部品《ぶひん》がぜんぶたなに飛《と》びあがったのです。

「ふー！」

レイチェルが胸《むね》をなでおろしていいました。

クロエが彼女《かのじょ》にほほえみます。

「これですっかり元《もと》どおり」

「まだひとつだけのこってるわ」

カースティがゆっくりそういうと、ドアのほうを見《み》ました。

「ゴブリンを見《み》たら、マギーさんはなんていうかしら？」

第《だい》6章《しょう》

もこもこウサギ

ゴブリンたちはなんとか立《た》ちあがると、ぶつぶつといいあいをはじめました。

衣装《いしょう》はすっかり消《き》えて、ふつうのゴブリンにもどっています。

「なんであんなふうにおれをひっぱったんだよ！」

一匹《いっぴき》めのゴブリンがどなります。

「なんでトパーズをはなしちゃったんだよ！」

二匹《にひき》めのゴブリンがいい返《かえ》しました。

「このぶきっちょ！」

「ぶきっちょっていうな！」

一匹《いっぴき》めのゴブリンがさけびます。

「まいったなあ、あの二匹《にひき》を見《み》られちゃったらちょっとめんどうよ」

レイチェルがいいました。

「あたしにまかせて」

クロエがゴブリンたちにむけて飛《と》んでいきました。

「うっとうしい妖精《フェアリー》め！」

一匹《いっぴき》めのゴブリンが怒《おこ》りながらクロエをたたこうとしますが、彼女《かのじょ》はひらりと身《み》をかわしました。

「トパーズを返《かえ》せよ！」

「返《かえ》すもんですか」

クロエはつめたく答《こた》えました。

「さて、あたしの杖《つえ》には魔法《まほう》がいっぱいになったのよ。あなたたちを、なんにでもかえちゃえるんだからねっ！」

クロエがほほえみました。

「もしいますぐこのお店《みせ》をでていかないんだったら、ふたりとも、もこもこのピンクのウサギちゃんにかえちゃうわよ！」

ゴブリンたちは、こわくなって口《くち》をぽかんとあけてしまいました。

「ウサギちゃんって！」

一匹《いっぴき》めのゴブリンがさけびます。

「そいつはかんべん！」

「そんなの口《くち》だけだ！」

二匹《にひき》めのゴブリンがいいました。

クロエがにやりとわらいます。

「あら、ためしてみる？」

彼女《かのじょ》はレイチェルとカースティを、ちらりと見《み》ました。

「おふたりさんはどう思《おも》う？」

レイチェルがわらい返《かえ》します。

「きっとかわいいウサギちゃんになると思《おも》うなあ」

レイチェルがいいました。

「とくに、もこもこのピンクなんでしょ？」

カースティもつづいていいました。

クロエが杖《つえ》をふりかざします。

「やめろおおおおお！」

ゴブリンたちはびっくりぎょうてんしてさけぶと、くるりとふりむいて、いちもくさんに階段《かいだん》をかけあがりました。

そして、一歩《いっぽ》でも先《さき》ににげようとぶつかりあいながら、けたたましくドアをあけ、全速力《ぜんそくりょく》で大通《おおどお》りに消《き》えていきました。

レイチェル、カースティ、クロエの三人《さんにん》は、わらいだしてしまいました。

「どうやら楽《たの》しくやっているみたいね」

マギーさんが杖《つえ》を手《て》にもって、倉庫《そうこ》から姿《すがた》をあらわしました。

クロエはさっとレイチェルのポケットの中《なか》にかくれました。

「おそくなっちゃってごめんなさいね」

マギーさんはそういうと、まだゆれ動《うご》いているドアに気《き》づきました。

「あら、だれかお客《きゃく》さんだったのかしら？」

「なんでもありません」

カースティが、トパーズをすばやくポケットにしまいながらいいました。

「ただちょっと、その……」

「だれかがパイナップルを探《さが》しにきたんです」

レイチェルがよこからぱっと口《くち》をはさみました。

びっくりしたようにレイチェルを見《み》ているマギーさんに、カースティはわらいをぐっとこらえました。

「パイナップルですって？」

マギーさんがいいました。

レイチェルがうなずきます。

「この店《みせ》には売《う》ってないって気《き》づいて、それででていっちゃったんですよ」

レイチェルがつけたしました。

「まあ、そうだったの」

マギーさんが目《め》をぱちくりさせました。

「まあいいわ。ほら、杖《つえ》よ」

彼女《かのじょ》はそういうと、杖《つえ》をカースティに手渡《てわた》しました。

そしてレイチェルのほうをむきます。

「あなたはまだ衣装《いしょう》を決《き》めていないの？」

「わたしは妖精《フェアリー》の衣装《いしょう》がいいかなあ」

レイチェルが答《こた》えます。

「かわいらしい羽《はね》や杖《つえ》もあるみたいなんだもの」

「うん」

カースティは、そっと杖《つえ》を返《かえ》しながらうなずきました。

「衣装《いしょう》をかしてくださってありがとう。でも、わたしも妖精《フェアリー》がいいかなって」

カースティは、レイチェルのポケットから顔《かお》をだしているクロエに気《き》がつきました。

クロエはわらいながら親指《おやゆび》をたててみせると、マギーさんに見《み》つからないうちにまたさっとかくれました。

カースティは女王様《じょおうさま》の衣装《いしょう》から着《き》がえると、羽《はね》と杖《つえ》をふたりでえらびました。

お金《かね》をはらい終《お》わると、電話《でんわ》がなりました。

「ハロウィン・パーティ、楽《たの》しんでね」

マギーさんはそういうと、いそいで電話《でんわ》をとりにいきました。

マギーさんがいってしまうと、クロエがレイチェルのポケットから、フェアリーダストをまきちらしながら飛《と》びだしてきました。

「あたしものこって、ふたりのパーティ姿《すがた》を見《み》たいなあ。きっと妖精《フェアリー》の衣《い》装《しょう》が似《に》合《あ》うはずだもの。でも、もうフェアリーランドに帰《かえ》らなくっちゃいけないの。トパーズ探《さが》しをてつだってくれて、ほんとうにありがとう」

カースティは、ポケットから宝石《ほうせき》をとりだしました。

「はい、これ」

と、クロエにさしだします。

クロエが杖《つえ》で金色《きんいろ》の宝石《ほうせき》にふれると、オレンジ色《いろ》の光《ひかり》がまいあがり、石《いし》はしずかにフェアリーランドへと帰《かえ》っていきました。

レイチェルとカースティは、羽《はね》と杖《つえ》の入《はい》った
ふくろをもつと、お店《みせ》のドアをあけました。

「またね！」

レイチェルがドアをあけていると、クロエがいいました。

「さようなら」

ふたりは、くるくると金色《きんいろ》の光《ひかり》の中《なか》を飛《と》んでいくクロエにいいました。

クロエはやがて、すっかり見《み》えなくなっていきました。

「ちゃんとたすけることができて、ほんとによかったね」

レイチェルがうれしそうにいいました。

「うん、そうだね」

カースティもいいました。

天井《てんじょう》のほうにキラキラした光《ひかり》が見《み》えて、彼女《かのじょ》はいったいなんだろうと見《み》あげてみました。

すると、小《ちい》さなミラーボールがそこにはのこっていて、妖精《フェアリー》の魔《ま》法《ほう》でキラキラかがやいていたのです。

「見《み》て！」

カースティがさけびます。

「クロエがひとつのこしていっちゃった」

レイチェルがわらいました。

「このお店《みせ》にはいつも魔法《まほう》があるっていうことね」

彼女《かのじょ》がいいました。

それから、大通《おおどお》りにバスが入《はい》ってきたのを見《み》つけました。

「はやく！」

レイチェルははっとして、いそいでドアを閉《し》めました。

「あのバスにのらなくちゃ、カースティ！」

ふたりは大通《おおどお》りをかけだしました。

「すごい一日《いちにち》だったわね」

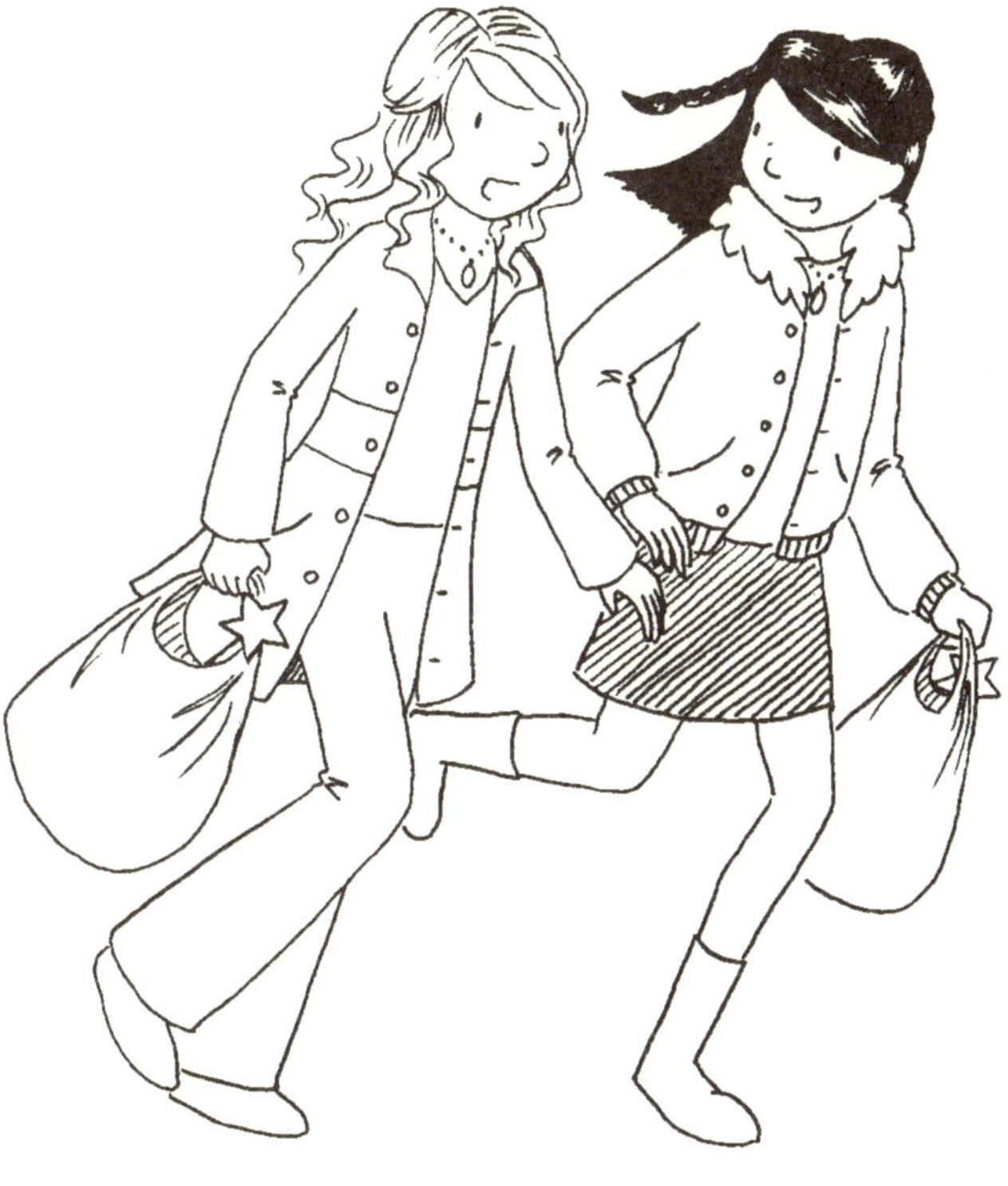

カースティが息《いき》をはずませていいました。

「明日《あした》はいったいなにがおこるのかなあ？」

「わからないなあ」

レイチェルがいいました。

ちょうどバス停《てい》について、ふたりでバスに飛《と》びのります。

レイチェルがカースティにわらいかけました。

「でも、魔法《まほう》みたいなできごとがおこることだけはたしかね！」

レインボーマジック

宝石《ほうせき》の妖精《フェアリー》

インディア、スカーレット、エミリー

そしてクロエの宝石《ほうせき》が無事《ぶじ》もどりました。

レイチェルとカースティが次《つぎ》にたすけるのは、

アメジストの妖精《フェアリー》エイミーです！

すてきな言《こと》葉《ば》を書《か》いてみよう

うけ止《と》めてくれて
ありがとう、カースティー！
最高《さいこう》よ、あたしのトパーズが
もどってきたんだもの！

RAINBOW magic

RAINBOW magic

クロエからのもんだい　わかるかな?

①ショー・ウィンドウで、ゴブリンが仮装《かそう》していたものは?

②カーステイがかぶった冠《かんむり》は、なにに変《か》わってしまった?

③テディベアのゴブリンは、最後《さいご》にどうなったかな?

④ゴブリンが変身《へんしん》するのをいやがったものはなに?

⑤あたしが仮装屋《かそうや》さんにのこしていった魔法《まほう》は?

宝石《ほうせき》の妖精《フェアリー》たちといっしょに、キラキラの宝石《ほうせき》をおぼえよう！②

知《し》っている宝石《ほうせき》はあるかな？
キラキラした宝石《ほうせき》の名前《なまえ》や、
たんじょう石《せき》と意味《いみ》をおぼえてみてね！

エメラルド
たんじょう石《せき》と意味《いみ》：5月《がつ》　幸運《こううん》 幸福《こうふく》

トパーズ
たんじょう石《せき》と意味《いみ》：11月《がつ》　友情《ゆうじょう》 希望《きぼう》

レインボーマジック第《だい》1〜3シリーズ 内容紹介《ないようしょうかい》

第《だい》1シリーズ　虹《にじ》の妖精《フェアリー》

妖精たちの世界《フェアリーランド》に色《いろ》をとりもどして!!

レイチェルとカースティは、夏休《なつやす》みに訪《おとず》れたレインスペル島《とう》で、ぐうぜん、小《ちい》さな妖精《フェアリー》ルビーを見《み》つけます。ルビーはおそろしいジャック・フロストに呪《のろ》いをかけられて、人間《にんげん》の世界《せかい》に追放《ついほう》された虹《にじ》の妖精《フェアリー》たちのひとりでした。レイチェルとカースティが、ルビーにつれられてフェアリーランドにいくと、そこは色《いろ》のない白黒《しろくろ》の世《せ》界《かい》。ふたりはジャック・フロストの呪《のろ》いをとき、フェアリーランドを色《いろ》のある平和《へいわ》な世界《せかい》にもどすため、7人《にん》の妖精《フェアリー》を探《さが》すぼうけんの旅《たび》へとでかけます!

①赤《あか》の妖精《フェアリー》ルビー

②オレンジの妖精《フェアリー》アンバー

③黄色《きいろ》の妖精《フェアリー》サフラン

④みどりの妖精《フェアリー》ファーン

⑤青《あお》の妖精《フェアリー》スカイ

⑥あい色《いろ》の妖精《フェアリー》イジー

⑦むらさきの妖精《フェアリー》ヘザー

第《だい》2シリーズ　お天気《てんき》の妖精《フェアリー》

たいへん！　魔法《まほう》の羽根《はね》がぬすまれちゃった！

風見《かざみ》どりドゥードルの魔法《まほう》の羽根《はね》をとりもどしに、
レイチェルとカースティのあらたなぼうけんの旅《たび》がはじまります！

⑧雪《ゆき》の妖精《フェアリー》クリスタル

⑨風《かぜ》の妖精《フェアリー》アビゲイル

⑩雲《くも》の妖精《フェアリー》パール

⑪太陽《たいよう》の妖精《フェアリー》ゴールディ

⑫霧《きり》の妖精《フェアリー》エヴィ

⑬雷《かみなり》の妖精《フェアリー》ストーム

⑭雨《あめ》の妖精《フェアリー》ヘイリー

第《だい》3シリーズ　パーティの妖精《フェアリー》

妖精《フェアリー》たちのパーティ・バッグをまもらなくっちゃ！

フェアリーランドの記念式典《きねんしきてん》を無事《ぶじ》に成功《せいこう》させるため、
妖精《フェアリー》たちといっしょに力《ちから》をあわせて、魔法《まほう》のバッグをまもります！

⑮ケーキの妖精《フェアリー》チェリー

⑯音楽《おんがく》の妖精《フェアリー》メロディ

⑰キラキラの妖精《フェアリー》グレース

⑱おかしの妖精《フェアリー》ハニー

⑲お楽《たの》しみの妖精《フェアリー》ポリー

⑳お洋服《ようふく》の妖精《フェアリー》フィービー

㉑プレゼントの妖精《フェアリー》ジャスミン

作《さく》　デイジー・メドウズ

訳《やく》　田内《たうち》志文《しもん》

埼玉県《さいたまけん》出身《しゅっしん》。文筆家《ぶんぴつか》。大学《だいがく》卒業後《そつぎょうご》にフリーライターとして活動《かつどう》した後《のち》、渡英《とえい》。

イースト・アングリア大学院《だいがくいん》にてMA in Literary Translationを修了《しゅうりょう》。

『BLUE』（河出《かわで》書房《しょぼう》新社《しんしゃ》）、『Good Luck』『Letters to Me』

『TIME SELLER』（ポプラ社《しゃ》）、『THE GAME』（アーティストハウス）

などの訳書《やくしょ》のほか、絵本《えほん》原作《げんさく》やノベライズも手《て》がける。

現在《げんざい》はスヌーカーの選手《せんしゅ》としても活動《かつどう》しており、
JSAランキング4位《い》。2005、2006年《ねん》スヌーカー全日本《ぜんにほん》選手権《せんしゅけん》ベスト16。

2006年《ねん》スヌーカー・ジャパンオープン、ベスト8。

2006年《ねん》スヌーカー・チーム世界《せかい》選手権《せんしゅけん》、日本《にほん》代表《だいひょう》。

2007年《ねん》タイランド・プロサーキット参戦《さんせん》。

装丁《そうてい》・本文《ほんぶん》デザイン　藤田《ふじた》知子《ともこ》

口絵《くちえ》・巻末《かんまつ》デザイン　小口《おぐち》翔平《しょうへい》（FUKUDA DESIGN）

DTP　ワークスティーツー

レインボーマジック㉕ トパーズの妖精《フェアリー》クロエ

2007年《ねん》11月《がつ》10日《か》　初版《しょはん》第《だい》1刷《ずり》発行《はっこう》

著者《ちょしゃ》　デイジー・メドウズ

訳者《やくしゃ》　田内《たうち》志文《しもん》

発行者《はっこうしゃ》　斎藤《さいとう》広達《こうたつ》
発行《はっこう》・発売《はつばい》　ゴマブックス株式会社《かぶしきがいしゃ》
〒107-0052 東京都《とうきょうと》港区《みなとく》赤坂《あかさか》1-9-3 日本《にほん》自転車《じてんしゃ》会館《かいかん》3号館《ごうかん》
電話《でんわ》 03-5114-5050

印刷《いんさつ》・製本《せいほん》　株式会社《かぶしきがいしゃ》 暁印刷《あかつきいんさつ》

ISBN 978-4-7771-0786-5

乱丁《らんちょう》・乱文本《らんぶんぼん》は当社《とうしゃ》にてお取替《とりか》えいたします。

定価《ていか》はカバーに表示《ひょうじ》してあります。

ゴマブックスホームページ
http://www.goma-books.com/